J.-L. FORAIN

Aquarelles, Dessins

EXPOSITION PUBLIQUE

Le Mardi 19 Mai 1896, de 2 heures à 6 heures

Vente le Mercredi 20 Mai 1896

IMPRIMERIE MAULDE et RENOU

MAULDE, DOUMENC & Cie

IMPRIMEURS DE LA COMPAGNIE DES COMMISSAIRES-PRISEURS

Rue de Rivoli, 144 — Paris

CATALOGUE

DE

DESSINS & AQUARELLES

DE

J.-L. FORAIN

DONT LA VENTE AURA LIEU

A L'HOTEL DROUOT, SALLE N° 7

Le Mercredi 20 Mai 1896

A DEUX HEURES ET DEMIE

Me LÉON TUAL	M. LAURENT DUMONT
COMMISSAIRE-PRISEUR	EXPERT
50, rue de la Victoire, 50	27, rue Laffitte, 27

EXPOSITION PUBLIQUE

Le Mardi 19 Mai 1896, de 2 heures à 6 heures

PARIS — 1896

CONDITIONS DE LA VENTE

Elle sera faite au comptant.

Les Acquéreurs paieront CINQ POUR CENT en sus des enchères, applicables aux frais.

AVIS

Tous les dessins sont vendus sans droit de reproduction

M. DUMONT *se charge des commissions des Amateurs qui ne pourraient assister à la vente.*

MM. les Amateurs pourront visiter la Collection chez M. DUMONT, *27, rue Laffitte, du 14 au 18 mai.*

MAULDE, DOUMENC et Cie, imprimeurs de la Cie des Commissaires-Priseurs, rue de Rivoli, 144   800—58706

DÉSIGNATION

AQUARELLES ET DESSINS

N. B. — **Tous les dessins sont vendus sans droit
de reproduction**

1. **Aménités.** — Vous savez belle-maman si j'en ai
connu des huissiers.... eh bien je n'en ai pas
connu de plus forts que vous...!

    Dessin au crayon.

2. **A la police correctionnelle.** — V'la qu'tout a
coup, d'chez moi, du cintième, j'entends crier
des hurlements; alors je m'suis dit : V'la l'mar-
chand d'vin qui frappe la concierge !

    Dessin à l'encre de Chine rehaussé d'aquarelle.

3. **Au club.** — Monsieur, quelques membres ayant
cru remarquer que vous jouiez d'une façon
irrégulière......

    — Je comprends, vous avez besoin de faire un
exemple.

    Dessin à l'encre de Chine rehaussé.

4. **Le matin.**

    Dessin au crayon.

5. **Candidat.** — Hein Madame, comme le temps passe
vite ! Voici bientôt cinq ans que j'ai eu l'honneur de vous être présenté.....

    Dessin à la plume rehaussé.

6. — Si je ne suis pas rentrée à minuit, tu m'enverras demain matin ma bicyclette rue Marbeuf, — et puis vous finirez le gigot.

Dessin à l'encre de Chine.

7. — T'as brulé des kiosques, des omnibus.... mais t'as pas cor foutu par terre la colonne.

Dessin à l'encre de Chine rehaussé.

8. **Désespoir.**

Dessin au crayon.

9. **Après le bal.** — ..... Je n'sais pas c'que vous disiez, mais quand je suis entré vous avez changé de conversation.

Dessin à l'encre de Chine rehaussé.

10. — Comm' c'est gentil ici.

Dessin à l'encre de Chine rehaussé.

11. — Tiens ! ils t'ont mordu dans le dos.

Aquarelle.

12. **Les mamans.** — Comme je m'doutais que l'mariage ne t'allait pas, j'ai fait v'nir le jeune homme, et je lui ai dit : R'gardez-moi bien en face ! — Si tu l'avais vu filer....

Dessin au crayon.

13. — Oui, oui, j'vois ça....des scènes, des coups, pas un rond... et tu l'gobes !

Dessin au crayon.

14. Femme à sa toilette.

Aquarelle.

15. **Les amants cyniques**. — Alloh!
— ....
— Oui mon gros chéri, ta petit'femme va mieux....
    te tourment' pas...
— ....
— Ai passé la nuit bien seulette.
Dessin au crayon.

16. — Je n'en ai bu de pareil que chez les La Roche-
    foucault.
Dessin à l'encre de Chine rehaussé.

17. — Redis-moi donc le sonnet où tu m'compares à une
    petite source vive.
Dessin à l'encre de Chine rehaussé.

18. **Rue de la Paix**.
Aquarelle.

19. **Dialogues pour le Théâtre libre**. — C'est un vieux
    qui ne veut pas dire son nom.
— J'sais c'que c'est.... c'est papa !
Dessin à l'encre de Chine.

20. **Dialogues pour le Théâtre libre**. — C'est égal,
    y fait meilleur ici que sur le tramway !
— Tu sens le vin d'ici, vieux fourneau !
Dessin à l'encre de Chine.

21. — J'vous en prie M'sieu Paul n'touchez à rien de
    c'qui est à votre sœur.
Aquarelle.

22. **Confidence**.
Dessin à l'encre de Chine rehaussé.

23. Les joies de l'adultère. — Ah ! je savais bien que j'avais quelque chose à te dire.... mon mari voudrait que tu l'présentes à Yvette Guilbert.

Dessin à l'encre de Chine rehaussé d'aquarelle.

24. Les joies de l'adultère. — C'est étonnant nous nous sommes toujours disputés dans cet hôtel-là !

Aquarelle.

25. — De la soupe le matin ? C'est bon pour les ouvriers !

Dessin au crayon rehaussé.

26. Un personnage dont la voiture est à quelques pas, cause à un groupe de miséreux assis au bord d'une route.

Dessin rehaussé d'aquarelle.

27. Sous la lampe. — Tantôt, chez Emma, nous avons toutes blâmé Henriette : elle trompe son mari d'une façon vraiment trop ouverte.

Dessin à l'encre de Chine rehaussé.

28. — Qu'est-ce que tu veux, nous allons encore tirer les Rois avec un hareng saur.

Dessin au crayon rehaussé.

29. Chez l'amateur. — La preuve que vous n'êtes pas peintre, c'est qu'tous vos tableaux sont encadrés.

Dessin au crayon rehaussé.

30. Visite à la mansarde.

Dessin à l'encre de Chine rehaussé.

31. — Où est la cuisinière?

— Ah! ton flirt! Nous venons de la saquer.

Aquarelle.

32. **Au paradis**. — Oh! là, là, c'est pas pour chiner, vous étiez rien chameau sous l'Ancien Régime!

Dessin à l'encre de Chine rehaussé.

33. **Esthétisme**. — Jack, qu'est-ce que vous diriez, si je vous commandais de m'embrasser?

Dessin à l'encre de Chine rehaussé.

34. **Une rencontre**.

Dessin à l'encre de Chine.

35. **Pauvres vieux**. — Alors c'est ça que t'appelles " sortir pour acheter le *Temps!* "

Dessin au crayon rehaussé.

36. **Pauvres vieux**. — Ah! si j'avais encore mes soixante-cinq ans!

Dessin au crayon.

37. **Pauvres vieux**. — Ah! vrai? y a si longtemps qu'ça qu'vous poirotez.

Aquarelle.

38. **Admonestation maternelle**.

Dessin à l'encre de Chine.

39. **L'école des michets**. — Vous voyez elle pleure et c'est comme ça toutes les fois que vous lui parlez durement!

Dessin à l'encre de Chine rehaussé.

40. — J'ose pas encore aller l'décrocher..... ça lui f'rait
trop d'peine.

> Dessin au crayon rehaussé.

41. — Comme ça s'voit quand c'est maman qui les fait.

> Aquarelle.

42. **Au Mont de Piété.**

> Aquarelle.

43. — Oh!... v'là qu'c'est l'vieux à c'l'heure!...

> Dessin aux deux crayons.

44. — Enfin tu ne les as plus comme l'année dernière.
— Parb'eu, ma gosse à peine sevrée, j'ai dû nourrir
mon p'tit frère.....

> Dessin à l'encre de Chine rehaussé.

45. — Maman si des fois je n'rentrais pas cette nuit.....
— Prends toujours la clé pour ne pas faire relever
ton père.

> Aquarelle.

46. Jeune femme appuyée sur l'épaule d'un vieux monsieur.

> Dessin à l'encre de Chine.

47. Mon cher..... perdez donc l'habitude de me
tutoyer.

> Dessin à l'encre de Chine rehaussé.

48. **Les Honorables.** — ..... Pendant que tu étais
chez le juge d'instruction, tu vois que je ne
perdais pas mon temps!.....

> Dessin à l'encre de Chine.

49. **Gomme**. — Faites-moi chauffer une paire de bottines.....

Dessin à l'encre de Chine rehaussé.

50. Jeune femme en bicycliste, causant avec une femme masquant un monsieur dans une baignoire.

Dessin à l'encre de Chine.

51. **Le jour des morts**. — Ça tombe à pic pour le cimetière.

Aquarelle.

52. — Maintenant que je t'ai dit c'que je pense de ta mère allons déjeuner.

Dessin à l'encre de Chine rehaussé de pastel.

53. — Tout c'qu'on te d'mande à toi, c'est d'bien aimer ta p'tite femme !

Aquarelle.

54. **A l'Opéra**. — Un abonné causant à deux danseuses; au fond, défilé de figurants.

Dessin au pastel.

55. **Eloquence**. — ..... Gérant d'une maison meublée, il emploie ses loisirs à être agent d'affaires et n'a pas encore subi une condamnation !

Dessin à l'encre de Chine rehaussé.

56. — Je sens ça, je ne serai pas réélu.

Dessin à l'encre de Chine rehaussé d'aquarelle.

57. — Et toi baron, tutoies-tu ta femme ?
— Oui..... quelquefois..... devant son amant.

Aquarelle.

58. **Au palais.** — Une plaidoirie.

Dessin à l'encre de Chine.

59. — Ton père, mon enfant, était un homme sans mo-
ralité..... ainsi pendant vingt ans je n'ai pas
pu garder une femme de chambre !....
— Voyons maman, ça n'est pas ça qui pouvait nous
ruiner.

Aquarelle.

60. **Une affaire d'honneur.** — Tiens voilà celui qui va
dire partout qu'on a eu ta p'tite femme pour
dix francs !....

Dessin à l'encre de Chine.

61. **Une affaire d'honneur.** — Comme tu es l'offensé
nous l'avons obtenu six balles, au visé, vingt
pas..... y a eu du tirage !

Dessin à l'encre de Chine.

62. **Sur le boulevard.** — Un cul de jatte montre du doigt
une petite bouquetière à laquelle une nourrice
marchande des fleurs.

Dessin au crayon.

63. **L'éloquence.** — ..... notre acquittement ? il est
tout entier dans vos preuves.

Aquarelle.

64. — Comment avez-vous pu prendre au sérieux mon
fils un gamin de vint-neuf ans.

Dessin à l'encre de Chine rehaussé.

65. — Comme vous dites : si ma p'tite fille n'était pas
morte jamais Mauroc ne m'aurait quittée !

Dessin à l'encre de Chine.

66. **En cabinet particulier**. — Un vieux monsieur lit le journal une jeune femme est accoudée sur la table, une autre debout se rhabille.

Dessin à l'encre de Chine rehaussé.

67. — Voyons est-ce que ça s'demande?... J'suis d'Montmartre... l'pays d'la « purée ».

Dessin à l'encre de Chine rehaussé.

68. — J'ai ce soir à dîner le parrain de ma p'tite, peux-tu me prêter ton *dessous* héliotrope? j'te l'renverrai demain matin.

Dessin à l'encre de Chine.

69. — Non vrai!... il avait un pied bot?
— On voit bien qu'ça n'est pas madame qui vient de faire ses bottines.

Aquarelle.

70. **Le coiffeur**.

Dessin à l'encre de Chine.

71. **Sollicitude**. — Le directeur : Mon cher ami, vous devriez savoir qu'il est imprudent d'aller dans les coulisses sans chapeau ni pardessus.

Dessin à l'encre de Chine rehaussé.

72. — Quand j'écrivais une lettre comme ça une femme du monde, j'avais soin de ne pas la signer.

Dessin à l'encre de Chine rehaussé.

73. — C'est égal jamais vous n'avez pu m'en réussir une comme celle-là.

Dessin au pastel.

74. — Une dame âgée assise auprès du lit d'une jeune
femme.

Dessin au lavis d'encre de Chine.

75. — Voyez-vous Monsieur, j'comprends encore qu'on
la traite d'salope..... mais voleuse!.....

Dessin à l'encre de Chine rehaussé.

76. — C'est épatant, on n'peut pas y toucher sans qu'a
saigne.

Aquarelle.

77. — Je ne m'en irai pas avant qu'elle entende tout ce
que tu m'as dit sur elle!

Aquarelle.

78. — Une vieille femme et une petite fille demandent
l'aumône à un curé qui est sur le pas de sa
porte.

Dessin à l'encre de Chine rehaussé d'aquarelle.

79. — Mon fils se marie.... cessez de lui écrire..... on
vous fera soixante francs par mois pour votre
enfant..... Et puis faites-le baptiser.

Dessin à l'encre de Chine rehaussé.

80. — Madame c'est l'cocher qui demande des ordres.
— Qu'il entre! j'ai justement besoin de l'engueuler.

Dessin à l'encre de Chine rehaussé.

81. La belle mère au fiancé : — C'est donc bien dur de
lâcher une femme !

Aquarelle.

82. **Scène de famille.**

Dessin au crayon.

83. — Dites donc ma fille ! ça n'est pas une raison parce
que Monsieur vous pelote pour ne pas me parler
à la troisième personne.

Aquarelle.

84. — Comme il a l'air éveillé.
— Et c'qu'il est gentil : toutes les fois qu'il passe
devant la concierge il lui dit : merde !

Aquarelle.

85. — J'les connais les directeurs..... depuis deux
heures que j'pose il a du te.....
— Oh maman !
— Eh bien si j'avais su j's'rais rien rentrée.

Dessin à l'encre de Chine rehaussé.

83. **Visite matinale.**

Dessin à l'encre de Chine rehaussé d'aquarelle.

87. — Alors vous ne regrettez rien ?.....
— Je ne sais pas..... mais baissez le store.

Dessin au crayon et à l'encre de Chine.

88. — Comme il a l'air com'y faut, doux et distingué !...
garde le celui là.

Aquarelle.

89. — Tu sais que je me bats demain.
— Zut ! quel ennui..... qu'est ce qui va me mener
au vernissage.

Dessin à l'encre de Chine.

90. Un ouvrier portant un bébé qu'une blanchisseuse
taquine, au fond une femme à sa fenêtre.

Dessin à la sanguine rehaussé à la plume.

91. **En faillite**. — J'commence à en avoir assez de te
l'corner aux oreilles, que : ça n'est vraiment
deshonorant qu'en province.

Aquarelle.

92. — Faut-il que ces gens là aient volé !

Dessin à l'encre de Chine rehaussé d'aquarelle.

93. — Dites-donc Docteur, si vous laissiez mes pieds!

Dessin à l'encre de Chine rehaussé.

94. **Intérieur**. — Jeune femme se déshabillant.

Aquarelle.

95. — **Comme c'est gentil ici**. — Même sujet que le
n° 10 avec quelques variantes.

Dessin à l'encre de Chine.

96. **Sur les fortifications**. — Première idée du dessin
catalogué sous le n° 7.

Croquis à l'encre de Chine.

97. **Le jour des Rois**. — Même sujet que le dessin catalogué sous le n° 28.

Croquis à l'encre de Chine.

98. **Au palais**. — Couloir du cabinet des juges d'instruction.

Croquis à l'encre de Chine.

99. Femme nue.

Étude à la sanguine.

100. Jeune femme debout.

Étude à l'aquarelle.

101. Femme agenouillée.

Étude aux deux crayons.

102. Scène de ménage.

Deux croquis à l'encre de Chine sur une même feuille.

LITHOGRAPHIES

103. Jeune danseuse assise.

Épreuve unique.

104. **L'audience.**

Épreuve portant le n° 1. Tiré à dix exemplaires.)